Amour.

A Elle.

(Pons)

L'amour n'enfante que des larmes;
Les Amours sont frères des Ris.

VICTOR HUGO.

A PARIS,

CHEZ PÉLICIER, LIBRAIRE, PLACE DU PALAIS-ROYAL.

1824.

Amour.

A Elle.

Par le Cte Gaspard de
Pons ([illegible])

Amour.

A Elle.

> L'amour n'enfante que des larmes ;
> Les Amours sont frères des Ris.
>
> VICTOR HUGO.

A PARIS,

CHEZ PÉLICIER, LIBRAIRE, PLACE DU PALAIS-ROYAL.

1824.

De l'Imprimerie de GUIRAUDET,
rue Saint-Honoré, n° 315.

DÉDICACE.

DÉDICACE.

Celle à qui mon cœur dédie ce Recueil ne le recevra jamais de moi. Peut-être sera-t-il toujours ignoré d'elle; peut-être lui sera-t-il remis avec indifférence par une main étrangère, ou bien quelques accens vaguement répétés, qu'elle croira reconnaître, lui inspireront le desir de chercher l'auteur dans l'ouvrage. Alors elle ne pourra s'y méprendre : elle reconnaîtra tout à la fois et des chants bien gravés sans doute dans sa mémoire, et d'autres qu'elle n'aura jamais entendus. Leur écho ira faire vibrer encore *la harpe cachée dans son sein* *, lui révélera encore de nouvelles harmonies entre nos deux âmes, et lui découvrira surtout encore, dans la mienne, de nouveaux mystères d'amour et de douleur.

Je ne sais si elle me lira ; je ne pourrai pas savoir qu'elle m'aura lu ; je ne le saurai jamais en ce monde, mais je l'espérerai tou-

* Telle dort en mon sein cette harpe cachée,
Et que seule la Muse a quelquefois touchée.

Mme Amable Tastu.

jours. Je ne jouirai pas de l'émotion que j'aurai produite. Le charme déchirant de cette émotion ne viendra pas renouveler la vivacité de mes regrets en adoucissant leur amertume; mais je suis certain qu'une larme, à cette lecture, brillera dans ses yeux et roulera dans sa voix, et cette larme sera la gloire. La gloire, c'est de faire palpiter un cœur qui sent comme vous avez senti*. Celle-là ne saurait être un vain prestige, mais aussi elle est toute pour moi dans son

* Mais qu'importent la mort et les revers, si notre nom, prononcé dans la postérité, va faire battre un cœur généreux deux mille ans après notre vie!

CHATEAUBRIAND.

âme et dans celles qui lui ressemblent. Que m'importe alors que cette douce immortalité s'attache à mes vers et non pas à mon nom? qu'elle essaye de consoler ma jeunesse, ou qu'elle m'attende pour me pleurer dans mon tombeau? Peu de gens me goûteront, je le sais, et je m'en applaudis, car, en revanche, quelques uns me goûteront beaucoup. Sûr d'obtenir les suffrages que j'ambitionne, je n'ai rien fait pour me concilier ceux dont je ne me soucie pas. Je me suis abstenu de retoucher, dans des momens plus calmes, ce que j'avais écrit dans l'ardeur d'une inspiration profonde : je me suis montré, sans hésiter, tel que je suis, ou plutôt tel que j'étais, parce que c'est ainsi que j'avais été créé pour elle ; et j'ai respecté religieusement toutes mes émotions passées, persuadé que je suis encore qu'elles lui appartiennent autant qu'à moi.

I.

Que de fois au nuage, à la plaine embaumée,
J'ai demandé quel nom portait ma bien-aimée!
Que de fois mon regard lentement soulevé
A desiré le vôtre et ne l'a point trouvé!

ALEXANDRE SOUMET.

Car où l'on voit la force à la douceur unie,
De ce contraste heureux naît la pure harmonie :
C'est ainsi qu'enchaîné par un lien vainqueur,
Le cœur éprouvera s'il a trouvé le cœur.

EMILE DESCHAMPS.

I.

Que de fois au nuage, à la plume embaumée,
J'ai demandé quel nom portait ma bien-aimée!
Que de fois mon regard lentement soulevé
A désiré le vôtre et ne l'a point trouvé!

ALEXANDRE SOUMET.

Car où l'on voit la force à la douceur unie,
De ce contraste heureux naît la pure harmonie:
C'est ainsi qu'enchaîné par un lien vainqueur,
Le cœur éprouvera s'il a trouvé le cœur.

ÉMILE DESCHAMPS.

Et c'est donc moi qui le dédaigne,
Cet Amour que vous célébrez?
Oui, souvent j'insulte à son règne,
Aux cœurs de ses feux dévorés.

Mais que ce maître de la terre
Montre à mon âme solitaire
La beauté qui doit me chérir,
Au sein des flots, nouvel Alphée,
Dans les enfers, nouvel Orphée,
Soudain j'irai la conquérir.

Viens dans ma céleste patrie;
Viens à mes songes turbulens
Mêler ta douce rêverie.
C'est toi; j'entends tes pas tremblans;
Jeune image de l'Espérance;
Heureuse au sein de la souffrance,
Auprès de l'homme de ton choix!
Cœur tendre et courage sublime;
Vierge timide et magnanime;
Mortelle et déesse à la fois!

Jamais, fasciné par tes larmes,
Ton amant, pour de vils fuseaux,
Ne saura du luth et des armes
Echanger les nobles faisceaux.
J'abhorre la reine stupide
Qui flétrit ce bras intrépide,
Vainqueur de cent monstres unis;
J'abhorre même Cythérée,
A tous les dieux de l'empyrée
Préférant l'obscur Adonis.

Mon secret orgueil la préfère,
Celle dont l'amour curieux
Contempla d'un œil téméraire
La majesté du Roi des cieux*.

* Sémélé, mère de Bacchus.

Elle tomba, réduite en poudre,
Au fracas de la triple foudre,
Aux lueurs de ses mille éclairs;
Mais l'héritier de son courage
Des léopards dompta la rage,
Et recula notre univers.

Fuyant une audace fatale,
Toi qui veux fixer mon ardeur,
Que ton âme soit mon égale:
Sache comprendre la grandeur.
Tu pourras, douce Péristère*,
Te jouer aux champs de Cythère,

* Nymphe qui fut changée en colombe, et qui, chez les Grecs, donna son nom à cet oiseau.

A l'abri des rians autels ;
Mais beau d'une flamme inconnue ,
Ton regard suivra dans la nue
L'oiseau sacré des Immortels.

O vierge chère à l'Aonie !
Ecoute mes brûlans accords.
Mon front est pâle, et du génie
Il couvre les divins trésors.
Du nuage qui l'environne
Vois-tu pas du fils de Latone
S'échapper un trait enflammé ?
Donnez-moi , Muses que j'adore ,
La fleur qui saura faire éclore
Tout Mars en mon sein renfermé[1].

[1] Homère a fait Mars fils de Jupiter et de Junon : cependant, de toutes les traditions mythologiques , la plus suivie est celle qui le fait naître de Junon seule , par la vertu d'une fleur.

Toi donc, si mon transport t'anime,
Si ton noble cœur veut s'unir
A l'époux dont l'appui sublime
T'ouvrira l'immense avenir;
Viens m'aimer, me suivre et m'entendre :
La tombe où dormira ta cendre
Ne sera jamais sans honneur.
Borne tes vœux à ta mémoire :
Apollon m'a promis la gloire;
Te promettrai-je le bonheur?

II.

Tous les cieux un moment brillèrent dévoilés.

VICTOR HUGO.

Et le langage de l'Enfer s'échappa naturellement de ma bouche.

CHATEAUBRIAND.

II.

Tous les cieux au moment brillèrent dévoilés.

VICTOR HUGO.

Et le langage de l'Enfer s'échappa
naturellement de ma bouche.

CHATEAUBRIAND.

De ses dons un dieu tour à tour
Accable mon âme asservie.

Je n'ai point accepté la vie :
Ai-je donc accepté l'amour ?

Hélas ! je vis pourtant, et j'aime.
Je suis aimé ?.... Pardonne, Être bon et suprême !
Pardonne ! le ciel s'ouvre à mon amour vainqueur :
Tel qu'il est dans ses yeux, il sera dans mon cœur.

Mais non .... non ! je viens de l'entendre ;
Mon sort m'était prévu, je dois le soutenir :
L'enfer n'a plus rien à m'apprendre ;
J'ai vécu sans espoir l'éternel avenir.

O l'enfer, l'enfer avec elle !
O qu'il m'eût été doux ! ô qu'il m'eût été beau !

Compagnon toujours mort de mon âme immortelle,
L'isolement me suit jusqu'au sein du tombeau.

Long-temps, laissant sur moi retomber ma paupière,
Je vais me regarder mourir.
Je mourrai sans secours et surtout sans prière :
Quel supplice nouveau puis-je avoir à souffrir ?

III.

Ah ! plutôt que souffrir ces douleurs insensées,
Combien j'aimerais mieux sur des Alpes glacées
Être une pierre aride, ou dans le sein des mers
Un roc battu des vents, battu des flots amers !

André Chénier.

III.

Ah ! plutôt que souffrir ces douleurs insensées,
Combien j'aimerais mieux sur des Alpes glacées
Être une pierre aride, ou dans le sein des mers
Un roc battu des vents, battu des flots amers !

ANDRÉ CHÉNIER.

Hommes pour qui le ciel n'est qu'un manteau d'azur,
Vous croyez que, séduit d'une beauté mortelle,
Je l'aime d'un amour éphémère comme elle.
Reptile ainsi que vous, peut-être plus impur,

Je sais pourtant aimer de l'amour d'une mère.
Laissez-moi, dans ma joie amère,
Aimer seul, souffrir seul; laissez-moi tout mon sort:
Il est à moi, je le réclame.
Qu'elle garde la paix de l'âme:
Ne la réveillez pas, c'est mon enfant qui dort.

Je souffre et je ne puis le taire;
Mais mon cœur sent un Dieu dans ce cruel mystère,
Dans les coups du glaive enflammé.
Etouffé par la foule où je vis solitaire,
Un ange eût passé sur la terre,
Et l'homme ne l'eût point aimé!

C'est moi qui fus choisi pour être la victime.
Je brûle et je frémis d'entraîner dans l'abîme

Cet être radieux qui me verse le jour.
Le Ciel doit la sauver des maux où je me noie,
De ces maux déchirans et divins tour à tour:
Il la pénétrera d'une plus tendre joie;
Pourra-t-il l'entourer d'un plus ardent amour?

« Pourquoi périr d'un feu que tu pourrais éteindre? »
Me dit-on; « cesse de te plaindre:
« Va, tu voulais souffrir quand ton cœur a souffert. »
O sages, qui raillez ma tendresse rêveuse!
De cette volonté dont l'appui m'est offert,
Avez-vous, d'une main nerveuse,
Soulevé le sceptre de fer?

Si deux camps ennemis, avec des cris de rage,
Se disputent des bords favorisés du Ciel,

Plus ces bords sont féconds, plus grand est le courage,
Plus le choc est horrible et le succès cruel.
Moi, je suis les deux camps et le champ du carnage:
A peine, survivant à toutes mes douleurs,
De mon cœur ravagé quelque débris surnage
Sur des flots de sang et de pleurs.

Volonté, dans mon sein jadis trop affermie;
Amour, qui me poursuis en tout temps, en tout lieu;
Qui de vous, éveillant la Victoire endormie,
Un jour engloutira la puissance ennemie
Sous des mers de glace ou de feu?
Double force en malheurs, en miracles féconde!
La volonté créa le monde,
Mais l'amour fit mourir un Dieu.

O Mort ! viens me frapper, me délivrer peut-être.
Puisque aimer pour un Dieu n'est encor que souffrir,
Mourons.... Faibles humains, si c'est un mal de naître,
Ce n'est pas un bien de mourir.
Connaissez-vous la Mort et son empire immense ?
Ses invisibles dards qui ne sauraient fléchir ?
Où la peine finit, la peine recommence :
La Mort n'est qu'un fleuve à franchir.

Quand, pour fuir votre âme flétrie,
Vous fuyez des climats où règne le malheur,
Un bord vague et lointain, sans forme et sans couleur,
Charme au delà des mers votre vue attendrie.
Sur la foi de la rêverie,
Vous livrant au zéphir qui promène une fleur,
Vous hâtez de vos vœux cette rive chérie,
Dont le soleil bientôt anime la pâleur :

Mais vous y retrouvez la terre et la douleur;
Vous y retrouvez tout, excepté la patrie.

De mes jours odieux précipitant le cours,
Je perdrais par ma mort, par ma mort criminelle,
La patrie éthérée où tu vivras toujours!
Où tu pourras sur moi, dans ta paix solennelle,
Laisser tomber, du sein des célestes amours,
Quelques pleurs d'amour fraternelle!
Où tu sauras ma vie et son pesant fardeau;
Cette exclusive ardeur qui t'étonnait naguères:
Car tes yeux sont couverts d'un modeste bandeau,
Et tous les hommes sont tes frères!

Toi qui charmes mon cœur plus encor que mes yeux;
Toi qu'au premier regard reconnut ma mémoire,

Car je te ressemblais (du moins j'ose le croire)
Avant d'être tombé des cieux;
Va, j'y remonterai sur un rayon de gloire,
Avec un son mélodieux.
J'y monterai pour toi, pour t'offrir mon hommage
Aux pieds du Dieu si cher à ton cœur ingénu.
Que j'aimerais ce Dieu, s'il m'était bien connu!
J'aime tant sa plus douce image!

La vie et l'univers, j'aurais pu tout chérir!
L'amour produit la haine en mon âme étonnée.
De leurs feux ennemis cette âme sillonnée
Crie, et l'affreux hymen s'offre à la secourir!
On veut boire avec moi sa coupe empoisonnée.

Viens donc, femme terrestre, enfant d'un vil limon!
Toi qui prétends dormir à l'ombre de mon nom!

Toi dont l'orgueil croit de mon âme
Bannir son nom pur et sacré!
Viens réchauffer ta vie à ma terrible flamme:
Je te promets l'enfer, je te le donnerai.
Viens suivre le génie en sa course éternelle;
Viens voir par quels tourmens ce titre est acheté.
Malheureuse qu'un Dieu daigna créer mortelle,
Tu réclames ta part de l'immortalité!

IV.

Pour les infortunés, espérer, c'est jouir.

GILBERT.

IV.

Pour les infortunés, espérer, c'est jouir.

GILBERT.

D'AUTRES ont su parer d'un éclat suborneur
Cette félicité d'un profane délire
Que réprouve le chaste honneur :
L'espoir, le pur espoir seul va monter ma lyre ;
Mais l'espoir à tes pieds n'est-il pas le bonheur ?

Tes regards m'en ont fait la touchante promesse;
J'en crois leur feu naïf et leur tendre pudeur :
Non, tu n'auras voilé d'une ombre de tristesse
Le beau soleil de ma jeunesse,
Que pour en adoucir la dévorante ardeur.

Tu m'aimeras : tu sens que ton amour m'est due.
Je ne maudirai pas cette heure inattendue,
Qui t'a révélée à mes yeux
Comme une sœur long-temps perdue :
La Mort sans avenir n'est jamais descendue
Sous les traits d'un ange des cieux.

Vois ces antiques dieux, si chers à la mémoire,
Qui faisaient tressaillir et la Thrace et Claros :
Ils m'offrent les lauriers de leur double victoire,

Et c'est toi, fille d'un héros,
Qui voudrais dans son cours dessécher tant de gloire!

Ressaisis, tu le peux, le trait qui m'a frappé;
Parle, et soudain d'un mot à ta bouche échappé
Ma gloire tombe moissonnée,
En accusant la Destinée,
Sans accuser ton cœur qui pourtant m'a trompé.

Mais que dis-je? Où m'égare un doute que j'abhorre
Non, tu ne peux tromper: ton innocence ignore
L'art élégant d'un noir détour.
Viens; c'est pour ton bonheur qu'à genoux je t'implore,
Car le bonheur est dans l'amour.
Viens; le printemps du cœur s'envole sans retour;
La nuit des ans n'a plus d'aurore.

12

O toi qui m'aimeras un jour!
Pourquoi ne pas m'aimer encore ?

V.

AVANT LE JOUR DES ROIS,

JOUR DE SA NAISSANCE ET DE MA FÊTE.

O Vierge! à mon enfance un Dieu t'a révélée
Belle et pure ; et rêvant mon sort mystérieux,
Comme une blanche étoile aux nuages mêlée,
Dès mes plus jeunes ans je te vis dans mes cieux.

VICTOR HUGO.

Vous habitiez mon cœur, vous viviez dans mes songes ;
La nuit n'avait que vous pour ses plus doux mensonges ;
Et le jour qui montait à l'horizon vermeil
Rencontrait votre image enchantant mon sommeil.

ALEXANDRE SOUMET.

V.

AVANT LE JOUR DES ROIS,

JOUR DE SA NAISSANCE ET DE MA FÊTE.

O Vierge ! à mon enfance un Dieu t'a révélée
Belle et pure ; et rêvant mon sort mystérieux,
Comme une blanche étoile aux nuages mêlée,
Dès mes plus jeunes ans je te vis dans mes cieux.

VICTOR HUGO.

Vous habitiez mon cœur, vous viviez dans mes songes ;
La nuit n'avait que vous pour ses plus doux mensonges ;
Et le jour qui montait à l'horizon vermeil
Rencontrait votre image enchantant mon sommeil.

ALEXANDRE SOUMET.

BANNIS de tes beaux yeux ce faible et vague effroi,
Qui les détourne encor de la terre et de moi.

Va, le bonheur du ciel habite aussi la terre.
L'amour, la pure amour, fleur tendre et solitaire,
Sous un éclat mortel cache un parfum divin :
Les hommes et les temps s'efforceraient en vain
De tarir en son cours l'éternelle rosée,
Dont un Dieu qui pleura l'a toujours arrosée ;
Trésor qui goutte à goutte échappe aux cieux voilés,
Qui rendit tout Eden aux premiers exilés.
Ah! malgré leur exil, que je leur porte envie!
Ils reçurent ensemble et l'amour et la vie ;
A poursuivre un fantome en ses jeux inconstans
Ils n'ont point, comme moi, consumé leur printemps.
Toi, vierge à peine éclose, à l'amoureux délice
De ton âme innocente ouvre le pur calice.
Ces deux amans, unis d'un hymen fraternel,
Nés en un même jour du cœur de l'Eternel,
Ont-ils donc pu sentir d'une autre sympathie
En son chaste sommeil leur jeunesse avertie?

Dieu lui-même a-t-il pu de signes plus certains
Annoncer l'union de leurs naissans destins?
Interroge en secret ta pensée ingénue :
Là, depuis ton enfance, une image inconnue
Gravait en traits de feu mes immuables droits;
Ma voix est pour ton âme un écho de sa voix.
Moi, j'en conserve aussi le fortuné présage :
Quand je lus d'un regard ton cœur sur ton visage,
Je sentis ce qu'un Dieu daignait me destiner;
Ton aspect me frappa sans pouvoir m'étonner.
Si, fabuleuse Hébé, la riche Poésie
Me versait dès long-temps sa brûlante ambroisie;
Si la Vertu brillait dans mes pleurs innocens;
Leurs préceptes sacrés empruntaient tes accens.
Plus tard, si mon courage implorait les alarmes,
La Victoire à mes yeux se parait de tes charmes;
Et l'espoir aujourd'hui se joint au souvenir
Pour m'offrir nos deux noms unis dans l'avenir

Mon nom, raillé par toi, m'en est un gage encore :
L'astre miraculeux qui des bords de l'aurore
Pas à pas vers son Dieu conduisit un saint Roi,
Brillant sur ton matin, te consacrait à moi.
Quand ses premiers rayons reposaient sur ta tête,
Chacun autour de moi, me parlant de ma fête,
Et de joie et de fleurs environnant mes yeux,
Priait pour mon bonheur qui descendait des cieux;
Et l'étoile déjà, par un touchant mystère,
A défaut de mes pas, de mes pas que la terre
Devait encor long-temps loin des tiens égarer,
Guidait vers ton berceau mon cœur pour t'adorer.

Mais bientôt de retour, cette heureuse journée
Couronnera l'espoir de ta vingtième année;
Du festin et du bal les folâtres ébats
D'un plus secret bonheur nous parleront tout bas.

Tu comprendras, de chants et de vœux entourée,
Par tous, à leur insu, ma fête célébrée.
Monarque aux yeux de tous, peut-être par ton choix,
Un autre avec orgueil nous dictera des lois :
C'est moi qui vais régner ; sous tes lois je vais vivre.
Non plus que cet amour qui m'embrase et m'enivre,
Ma douce royauté n'aura point de bandeau.
Mon front, où du bonheur s'empreindra le fardeau,
Te dira ma tendresse à toi seule accordée,
Par notre ange sans doute à tes vertus gardée ;
Mon cœur par ses transports digne de t'être offert,
Et pour ce cœur brûlant le ciel sans toi désert.
Il nous réunira, ce beau ciel que j'atteste !
Ne crois pas, en effet, que d'un hymen céleste
La mort, qui brise tout, puisse trancher le cours :
Non, nous vivrons ensemble, et nous vivrons toujours.
Quand au jour printanier ta fleur s'est hasardée,
Moi, de bien peu de jours je t'avais précédée :

J'entrevoyais déjà le monde et le malheur ;
Je devais pour nous deux connaître la douleur.
Toi, tu m'as apporté l'espérance et la joie ;
Et le dernier des biens que le Ciel nous envoie,
La Mort, en souriant, dans un plus beau séjour
Transplantera soudain notre immortel amour.

VI.

Qu'il m'a fallu souffrir pour devenir ainsi!

ALFRED DE VIGNY.

Je meurs. Avant le soir j'ai fini ma journée.

ANDRÉ CHÉNIER.

VI.

Qu'il m'a fallu souffrir pour devenir ainsi!

ALFRED DE VIGNY.

Je meurs. Avant le soir j'ai fini ma journée.

ANDRÉ CHÉNIER.

VOTRE cœur a semblé me plaindre;
Mais de l'Amour qui m'a surpris
Les flèches n'ont pu vous atteindre,
Et pourtant vous m'aviez compris!

Tel donc que m'ont fait vos mépris,
Sachez me comprendre et me craindre.

Aux temps de l'âge d'or, heureux et caressant,
Le tigre se mêlait aux jeux de la gazelle :
Tout à coup la terre chancelle,
La foudre avec la mort dans les cieux étincelle,
Le tigre a respiré le sang!
La gazelle s'enfuit, hélas! trop tard, peut-être :
Terrible, à jamais irrité,
Une seconde fois le tigre vient de naître;
Lui-même il va se méconnaître,
Surpris de sa férocité.

Je viens de m'éveiller aux lueurs de l'orage :
J'étais un tigre, et je dormais!

O vous dont mes maux sont l'ouvrage!
Fuyez, échappez à ma rage:
Je ne suis plus moi désormais,
Moi qui vous entourai d'un si brûlant hommage.
Fuyez du moins, fuyez pour garder mon image
Comme aux jours où je vous aimais.

Oui, vous la garderez; oui, j'en ai l'assurance.
Sous le ciel des vivans j'ai perdu l'espérance;
Et cependant nos cœurs sont unis sans retour:
Une secrète intelligence
Joindra toujours mon nom pour vous au nom d'amour.
Puisse mon souvenir être seul ma vengeance!

Je suis déjà vengé: l'impitoyable dieu
Par qui je hais ce que j'adore,

Qui me fuit un moment pour me poursuivre encore,
Vous enveloppe aussi de son aile de feu.
Oui, sans vous enflammer, mon amour vous dévore;
Il écarte de vous la joie et les douleurs.
D'avance il a tari les pleurs de votre aurore;
Mais si votre aurore est sans pleurs,
Votre printemps sera sans fleurs,
Et votre cœur regrette un bonheur qu'il ignore.

Et moi, l'ai-je connu, ce bonheur si vanté?
Echappé du néant sans entrer dans la vie,
Si vous l'aviez voulu, quelle félicité
Inondait notre âme ravie!
Mais de mon inconstance elle eût été suivie,
Dites-vous. Moi, trahir votre fidélité!
A l'insensible Hymen vous offrir en victime!
Ah! pour ce doute affreux je n'ai point de pardon.

Tous les malheurs plutôt qu'un crime!
Tous les crimes plutôt que ce lâche abandon!

Grâce, grâce pour ma folie!
Que vous font mes sermens? En vous voyant j'oublie
L'inexorable mur qui s'élève entre nous.
Un mot, et mon orgueil retombe à vos genoux.
Je meurs, je le sens trop, mais de la mort de l'âme;
Je n'ai point mérité cet horrible trépas:
Je suis bien jeune encor, la vie a tant d'appas!
Donnez, donnez-la moi, tout mon cœur la réclame.
Où s'emportent, hélas! mes esprits égarés?
Je dois mourir, car vous pleurez.

VII.

APRÈS LE JOUR DES ROIS.

J'attends le réveil des tombeaux!

ALPHONSE DE LA MARTINE.

Peut-être.... Ah! puisse-t-ELLE au céleste séjour
Porter encor ce nom que lui donna l'amour.

LE MÊME.

VII.

APRÈS LE JOUR DES ROIS.

> J'attends le réveil des tombeaux!
>
> ALPHONSE DE LA MARTINE.

> Peut-être.... Ah! puisse-t-ELLE au céleste séjour
> Porter encor ce nom que lui donna l'amour!
>
> LE MÊME.

Aux enfans des mortels semant les espérances,
Toi qui d'un pas timide en frissonnant t'avances,
J'implore ton secours, jeune année! A ces lieux
Tu rendras le printemps errant sous d'autres cieux:

Rends à mon cœur éteint, glacé par la souffrance,
L'altière liberté, l'oisive indifférence,
Ce qui fut mon bonheur... Du bonheur! Et quel jour
Amènes-tu bientôt à mon stérile amour?

Il vient, et dès long-temps mon âme le respire,
Ce jour entre les jours consacré par ma lyre,
Si beau, si rayonnant d'un éclat inconnu!
Il vient... Malheur à moi, malheur! Il est venu.
Mes pleurs dont je rougis, qu'à regret je dévore,
Mes pleurs ont salué sa nébuleuse aurore;
D'une fête abhorrée ils ont suivi le cours:
Ma fête! avec horreur je la verrai toujours!
Que jamais par ses vœux l'indifférent n'outrage
Ce long ressouvenir de douleur et de rage!...
Et pourquoi ces transports, héritier d'un cercueil?
Ce jour promit la joie: il apporte le deuil.

Eh bien ? Il t'a trompé, tout trompe sur la terre.
Mais le ciel en aimait le gracieux mystère.
Qu'importe ? Elle a brisé le céleste lien :
Enfans du même Dieu, mon ciel n'est pas le sien.
Ce jour que je maudis, ce jour de sa naissance
Est encor célébré par sa reconnaissance ;
Elle aime encor la vie ; elle sourit aux fleurs
Dont elle a pour son front nuancé les couleurs ;
Elle savoure en paix un encens éphémère ;
Elle oublie un ami sur le cœur d'une mère ;
Une main prend la sienne ; à des accords joyeux ,
Le bal s'ouvre.... Fuyons ce spectacle odieux.
Cruelle ! et je l'adore ! et ce jour de misère,
Ce jour me rend à moi, ma patrie et mon père ;
Tout cela ne vaut pas, à mon cœur sans espoir,
Un regard de ses yeux que je ne dois plus voir.

A cet affreux penser ma fureur endormie
S'éveille..... Calmons-nous : elle était mon amie ;
Mes vœux n'ont pu fixer son cœur irrésolu :
Elle a fait mon malheur et ne l'a pas voulu.
Perçant de l'avenir l'obscurité profonde,
Il me semble entrevoir qu'au sein d'un autre monde
Sa bouche doit redire un mot trop fortuné :
Un jour pour le bonheur j'ai cru que j'étais né.
Toi qui romps ici-bas notre chaîne divine,
Si mon cœur à bon droit te nomma Séraphine,
Si l'amour à tes pieds n'aveugla point mes yeux,
Garde-toi pure encor pour notre hymen des cieux.

Mais les cieux sont bien loin ; mais mes accens de flamme
D'un effroyable poids retombent sur mon âme.
Va, ne parlons plus d'elle, ô mon âme, ou du moins
Parlons-en seuls, tout bas, sans lyre, sans témoins.

En la rouvrant toujours, cachons notre blessure ;
N'offrons pas en spectacle à cette foule obscure,
Que le génie offense et qui rit du malheur,
Un aigle d'Hélicon vaincu par la douleur.
Le Soleil est mon Dieu, le Dieu que je contemple ;
Imitons le Soleil et son auguste exemple :
Poursuivi quelquefois par des chants criminels,
Il souffre ; un voile épais le cache aux yeux mortels.

VIII.

> Mais non, je brûle encore, encore!
> Quoi! jamais! quoi! toujours!....
>
> GASPARD DE PONS.

VIII.

Mais non, je brûle encore, encore!
Quoi! jamais! quoi! toujours!....

GASPARD DE PONS.

Je cède encore à mes tourmens;
Revenez, mes amis, que je vous parle d'elle!
Mon âme, à sa douleur fidèle,
Aime à lui consacrer d'odieux monumens.

Triste oiseau des écueils, dans une affreuse joie,
Je plane sur ces mers où tout va s'engouffrer :
Je vole au cri plaintif du nocher qui se noie;
Mais c'est moi-même, hélas! je suis toujours la proie
Que le sort m'offre à déchirer.

O! ne puis-je de moi détourner ma vengeance?
Ne puis-je me venger de la terre et des cieux?
Tout contre mon bonheur s'armait d'intelligence;
Tout entourait mes pas d'espoirs fallacieux.
Jouet d'un amour curieux,
D'un hymen fortuné tout me semblait un gage :
Dans les jeux confus du hasard
Je cherchais un secret langage;
J'en trouvais un dans son regard!

Du moins, par respect pour ma gloire,
Cachons ces frivoles erreurs :
Oui, sous l'effroi de mes fureurs
J'en étoufferai la mémoire.
Qu'ils tremblent!.. Qui sont-ils? Dissipez vos terreurs;
Je vous terrasserais! gardez-vous de le croire.
J'aimerais votre chute et toutes ses horreurs :
Je rougirais de ma victoire.

Viens, oubli, seul espoir d'un cœur désespéré!
Viens : que d'un cœur brûlant l'abîme dévoré
S'engloutisse en tes noirs abîmes!
Quoi! bannir de mon cœur celle que j'adorai,
Et tant d'heureux pensers et tant d'élans sublimes,
Qui suivent dans les airs son fantôme égaré!
Il le faut. Mes amis, aujourd'hui mes victimes!
Confidens de son nom pour moi toujours sacré,

Qui souffrez de mes maux et redoutez mes crimes !
Croyez-vous que je l'oublirai ?

IX.

Deux ombres désormais dominent sur MA vie:
L'une est dans le passé, l'autre est dans l'avenir.

VICTOR HUGO.

Mais mon cœur se souvient, et d'un regret fidèle
Suit toujours le passé....

ALEXANDRE GUIRAUD.

IX.

Deux ombres désormais dominent sur MA vie :
L'une est dans le passé, l'autre est dans l'avenir.

VICTOR HUGO.

Mais mon cœur se souvient, et d'un regret fidèle
Suit toujours le passé....

ALEXANDRE GUIRAUD.

MON cœur repose en paix, sauvé d'un long ravage ;
Mais le regret, l'ennui, l'accablent tour à tour:

J'ai besoin, je le sens, d'un nouvel esclavage,
Et cependant je crains l'Amour!

Je redoute ses traits, je redoute les belles.
Parfois mon œil furtif suit leurs pas gracieux;
Mais je me dis : « Ces cœurs à l'amour sont rebelles, »
Quand l'amour se peint dans leurs yeux.

Cessez autour de moi de chanter sur vos lyres
Des biens pour me charmer désormais superflus :
J'aime encor les regards, j'aime encor les sourires;
Mais laissez-moi, je n'y crois plus.

Je n'y croirai jamais, je ne veux plus y croire....
O fuis, il en est temps, toi qui pourrais m'aimer!

Toi dont la fuite encor dans ma triste mémoire
Va retentir et s'imprimer!

J'ai connu ces transports, ces purs élans de flamme,
Ces bonheurs d'un moment qui font long-temps souffrir:
Dans une vaine ardeur j'ai prodigué mon âme;
Fuis! je n'ose plus te chérir.

Où retrouver hélas! ce culte si fidèle,
Et ces premiers sermens qu'a trop gardés ma foi?
Moi qu'elle a dédaigné, moi qui fus digne d'elle,
Suis-je à présent digne de toi?

Fuis! et puisse du moins, battu d'un seul orage,
Mon vaisseau fatigué bientôt toucher au port!

Je verrai sans regret le terme du voyage,
Si je l'achève sans remord.

Ces torrens d'allégresse où la foule se plonge
N'offrent à nos desirs qu'un charme empoisonneur :
La mort est un réveil, le bonheur n'est qu'un songe ;
La mort vaut mieux que le bonheur.

X.

Ah! puisqu'une éternelle veille
Brûle mes yeux toujours ouverts,
Viens, ô Gloire! ai-je dit; réveille
Ma sombre vie au bruit des vers.

ALFRED DE VIGNY.

L'amour est à l'amour, le reste est au génie.

ALPHONSE DE LA MARTINE.

X.

Ah! puisqu'une éternelle veille
Brûle mes yeux toujours ouverts,
Viens, ô Gloire! ai-je dit; réveille
Ma sombre vie au bruit des vers.

ALFRED DE VIGNY.

L'amour est à l'amour, le reste est au génie.

ALPHONSE DE LA MARTINE.

Toi que souvent dans ma douleur
A la fois j'outrage et j'encense;

Toi qui charmes par ta puissance
Et mon génie et mon malheur ;

Reviens, Muse aux écarts sublimes,
Aux tendres et sombres élans !
Précipiter ces jours trop lents
Que je coule sur des abîmes.

Dans les plaines de l'infini
Semant la paix ou le ravage,
Rejoins sur l'éternel rivage
Ce que la terre a désuni.

Poëtes amans de la terre,
Ce n'est qu'armés d'un clair flambeau,

Que de la nuit et du tombeau
Vous osez sonder le mystère.

Plongeant dans leur obscurité,
J'en perce les gouffres funèbres,
Et j'allume au sein des ténèbres
Un soleil d'immortalité.

Vous volez, en rasant la poudre,
Vers un but visible et constant :
Moi, j'éclate où nul ne m'attend ;
Je marche du pas de la foudre.

Vos barques voguent dans le port ;
Que vous font les vents et leur rage ?

Mon navire aime et craint l'orage ;
L'orage est ma vie et ma mort.

D'une périlleuse mémoire
Pourquoi fuir l'attrayant honneur ?
Il est des gloires sans bonheur ;
Il n'est point de bonheur sans gloire.

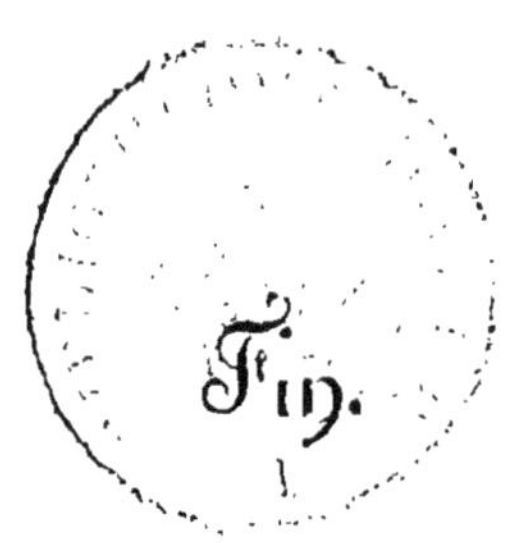

TABLE.

FIN DE LA TABLE.

www.ingramcontent.com/pod-product-compliance
Ingram Content Group UK Ltd.
Pitfield, Milton Keynes, MK11 3LW, UK
UKHW021120260726
13994UKWH00002B/949